中国新诗百年

现代优秀短诗 100 首

林莽 主编

吉林大学出版社

图书在版编目（CIP）数据

中国新诗百年·现代优秀短诗100首 / 林莽主编．—
长春：吉林大学出版社，2017.12
ISBN 978-7-5692-1705-6

Ⅰ．①中… Ⅱ．①林… Ⅲ．①诗集－中国－现代②诗
集－中国－当代 Ⅳ．① I226 ② I227

中国版本图书馆 CIP 数据核字 (2018) 第 008014 号

书　　名	中国新诗百年·现代优秀短诗100首
	ZHONGGUO XINSHI BAINIAN·XIANDAI YOUXIU DUANSHI 100 SHOU
作　　者	林　莽 主编
策划编辑	谈雅丽
责任编辑	陈颂琴
责任校对	陶　冉
装帧设计	夏　男
出版发行	吉林大学出版社
社　　址	长春市人民大街4059号
邮政编码	130021
发行电话	0431-89580028/29/21
网　　址	http://www.jlup.com.cn
电子邮箱	jdcbs@jlu.edu.cn
印　　刷	北京联兴盛业印刷股份有限公司
开　　本	880mm×1230mm　1/32
印　　张	5.75
字　　数	100千字
版　　次	2017年12月 第1版
印　　次	2017年12月 第1次
书　　号	ISBN 978-7-5692-1705-6
定　　价	39.00元

中国新诗百年：回顾即是展望

在中国新诗发生一百年之际，中国文化界都在关注这一重要的时间节点。

一百年对于人类历史仅仅是短暂的一瞬，时间虽短，但中国新诗并不简单，因为它有着两只不可忽视的翅膀，一支是中国旧体诗词的宏大的历史背景，一支是近百年来我们不断地向世界优秀诗歌艺术的学习与借鉴。因为有了这两支"翅膀"，我们的新诗已经飞得很高，已经取得了不同凡响的文化成就。

可以说，自"五四"以来，我们已经拥有了一大批卓有成绩的诗人和可以堪称为经典的优秀诗歌作品。

以上的基本判断，也是我们编辑三卷本"中国新诗百年100首"作品的基础。

《中国新诗百年·经典抒情短诗100首》是自胡适以来到海子的一个带有历史关注与我们所选择的可以称为"经典抒情短诗"的百年选本。因为限定在短诗和抒情之下，也就形成了现在的这个100首的版本，它不是面面俱到，但它绝对具有自己的特点。

《中国新诗百年·现代优秀短诗100首》是自海子以

后相对年轻的成名诗人倾向于现代审美的优秀作品的集合。应该还有一些诗人和诗进入这一选本，因为篇幅所限，我们只有忍痛割爱。中国诗坛自 20 世纪 90 年代以来，的确涌现了一大批更有创作潜能的诗人。

《中国新诗百年·经典翻译诗歌 100 首》印证了我们前面的判断。一百年间，我们翻译了大批的外国优秀诗人的作品，我们从中汲取了很多的文化意识与先进思想，它们影响了我们一代又一代诗人的成长，有人讲：没有翻译家们对世界文学的翻译与介绍，就没有我们的当代文学。我同意这种说法，我们所选出的这些优秀的翻译作品，的确影响了我们许多诗人创作才能的生成与发展，在此我们要感谢那些优秀的翻译家的辛勤工作。

我们将三卷本的"中国新诗百年百首"作品呈现在广大读者面前，这里有我们的审美倾向与价值判断，我们是认真而严肃的，我们希望为中国诗歌做一些建设性的工作。对新诗一百年以来优秀诗歌作品和诗人的回顾选择，也是对中国新诗的一种展望。相信在中国新诗这片生机勃勃的原野上，不仅有随风拂动的荒草和丛生的荆棘，它也一定会长出更多的诗歌的大树。

林　莽

2017 年 7 月 18 日

2

目　录

1

2

阿 信

阿信（1964-），原名牟吉信，甘肃临洮人。

正午的寺

青草的气息熏人欲醉。玛曲以西
六只藏身年图乎寺壁画上的白兔
眯缝起眼睛。一小块阴影
随着赛仓喇嘛
大脑中早年留下的一点点心病
在白塔和经堂之间的空地缓缓移动

当然没有风。铜在出汗经幡扎眼
石头里一头狮子
正梦见佛在打盹鹰在睡觉
野花的香气垂向一个弯曲的午后
山坡上一匹白马的安静，与寺院金顶
构成一种让人心虚不已的角度

而拉萨还远，北京和纽约也更其遥远
触手可及的经卷、巨镬、僧舍，以及
娜夜的发辫，似乎更远——当那个

在昏暗中打坐的僧人
无意间回头看了我一眼

我总得回去。但也不是
仓皇间的逃离。当我在山下的溪水旁坐地
水漫过脚背，总觉得身体中一些很沉的
东西，已经永远地卸在了
夏日群山中的年图乎寺

阿 毛

阿毛（1967-），原名毛菊珍，女，湖北仙桃人。

取 暖

是谁说，"你一个人冷。"
是的，我，一个人，冷。
我想，我还是抱住自己，
就当双肩上放着的是你的手臂。
就当你的手臂在旋转我的身体：
就这样闭着双目——
头发旋转起来，
裙子旋转起来；
血和泪，幸福和温暖旋转起来。
"你还冷吗？"
我似乎不冷了。
让我的双手爱着我的双肩，
就像你爱我。

阿 华

阿华（1968—），原名王晓华，女，山东威海人。

梨木镇

没有雀跃，并不等于没有心痛
重返梨树镇
我又看到了当年的红柳和沙棘

时光总是相似的
四月的蔷薇看不到九月的黄葵
死去的人看不到早晨的霞光
他们用阴云暗示大地
用锈弦暗示破碎
那是些骨缝里藏着悲伤的人
那是些失去盐分一言不发的人

而活着的人，将慢慢地习惯
落寞垂败，抑或东山再起

在梨树镇，骨头的支撑力
小于世俗的压力，云压得低

借用劳伦斯·吉尔曼的话说：
就像是让人心碎的失去理智的忧愁
一发而不可收拾
在低音提琴和大管的持续低音之上
小号尖利的音响表现出天昏地暗般的悲伤

安 琪

安琪（1969-），原名黄江嫔，女，福建漳州人。

极地之境

现在我在故乡已呆一月
朋友们陆续而来
陆续而去。他们安逸
自足，从未有过
我当年的悲哀。那时我年轻
青春激荡，梦想在别处
生活也在别处
现在我还乡，怀揣
人所共知的财富
和辛酸。我对朋友们说
你看你看，一个
出走异乡的人到达过
极地，摸到过太阳也被
它的光芒刺痛

北 野

北野（1963-），原名刘北野，陕西蒲城人。

马嚼夜草的声音

马嚼夜草的声音
和远处火车隐隐的轰鸣
使我的水缸和诗行　微微颤抖

这正是我渴望已久的生活啊
葵花包围的庄园里　夜夜都有
狗看星星的宁静

我还需要什么
假如我的爱人就在身旁
孩子们在梦里睡得正香

我只需要一个小小的邮局
隔三岔五送来一两个
手写的邮包

陈 亮

陈亮（1975-），山东胶州后屯村人。

温 暖

那些小路是温暖的，被暮色舔着
被庄稼的香气熏着
泛出微茫的白光
是人们走走停停走出来的那一种白
是柴草的骨灰撒在土上的那一种白
那面落满鸟屎的东山墙是温暖的
墙上有个铁环，牵出的马在这里
踢踏打转，晃动肥臕
用尾毛扑打着发红的蝇虫
它咴咴叫着，散发出亢奋
或少许劳役怨气
游街的豆腐梆子是温暖的
好久没见到他了，今天又突然出现
头顶金光闪闪，宛如菩萨
传说他患了癌症，相信这不是真的
父亲是温暖的
他几乎一直在菜园的井台

拔水浇灌，井水热气腾腾
让他瞬间就虚幻了
看不出他是六十岁、五十岁、还是二十岁
而母亲蹲在那里摘菜、捉虫
时间久了就飘回家去——
你也是温暖的，那一年我在家养伤
墙上的葫芦花开了
你一早去邻家借钱，轻易就借到了
你的脸沁出汗
不断说好人多好人多
一头羊是温暖的，天就要黑了
它还在吃草，肚子很大，准备要生育了
鼓胀的乳房拖拉出奶水
它的眼里，还有声音里
有一种让心肝发颤的东西
它嘴里永远嚼着什么，似要嚼出铁沫来

川 美

川美（1964-），原名于颖俐，女，辽宁新民人。

雏菊花开的时候

雏菊花开的时候，我们做了邻居
我是你的左邻，或你是我的左居，都不重要
重要的是我们挨得很近，篱笆挨着篱笆
后来连篱笆也省略了，果园连着果园

麻雀们站在两家的树梢上唱同一首歌
蜜蜂们采两家的苹果花酿同一罐蜜
我们，温暖地望着对方的眼睛
眼睛里的清泉来自看不见的同一个水系

可是，是什么让你动了搬家的念头
我回来的时候，你的房门开着
你的人已离去，去做了别人的邻居？

如今雏菊花又开了，蜜蜂与麻雀已开始忙碌
我依旧经管我的果园，不时抬头看看你的空房子
而生活的味道已经改变，麻雀的歌，蜜蜂的蜜

大 解

大解（1957－），原名解文阁，河北青龙人。

干草车

沿河谷而下　马车在乌云下变小
大雨到来之前已有风　把土地打扫一遍
收割后的田野经不住吹拂
几棵柳树展开枝条像是要起飞
而干草车似乎太沉　被土地牢牢吸引
三匹黑马　也许是四匹
在河谷里拉着一辆干草车
那不是什么贵重的草
不值得大雨动怒　由北向南追逼而来

大雨追逼而来　马车夫
扶着车辕奔跑　风鼓着他的衣衫
像泼妇纠缠着他的身体
早年曾有闷雷摔倒在河谷
它不会善罢甘休　它肯定要报复

农民懂得躲藏
但在空荡的河谷里　马车无处藏身

三四或四匹黑马裸露在天空下
正用它们的蹄子奔跑　在风中扬起尘土

乌云越压越低　雷声由远而近
孤伶笨重的干草车在河谷里蠕动
人们帮不了它　人们离它太远
而大雨就在车后追赶　大雨呈白色
在晚秋　在黄昏以前
这样的雨并不多见

大 卫

大卫（1968-），原名魏峰，江苏睢宁人。

某一个早晨突然想起了母亲

整整二十年，母亲，我还记得
那个夜晚，你像一盏灯
被风吹熄
哭嚎都没有用。十二岁的我
甚至还不知道什么叫绝望与悲伤
母亲，你去了哪里
冥冥之中，难道还有谁
比我更需要你

作为最小的孩子，作为一个
七岁时就没有了父亲的孩子
你走了之后，母亲
我冻红的手指
只有让姐姐来疼了
许多次，上学的路上
我总是跟在年老妇人的背后
真想抱住她的双腿

低低地说一声
带我回家吧，妈妈

本来我是你心头
最放不下的一块病
十年后，没想到我做了一名医生
当每一种治疗哮喘的新药问世
母亲，除了你
还有谁能提供原版的咳嗽
还有谁捂着胸口说：
闷得我实在受不了

这些年想你，尤其在清明节
但你当初生下我，肯定
不是为了这一年一次的怀念
有一次向你走去的时候
内心竟有了一些生分
我怎么了？难道这是去看望一位
失去联系多年的亲戚
当我在你的坟前跪下
发白的茅草，谁是你的根
母亲，这些年如果不是你
守住这个地方
我又到哪里去寻找故乡

灯 灯

灯灯（1977-），原名胡宇，女，生于江西上饶。

外省亲戚

他敲门的声音，像一树炸开的石榴
风声扑面而来，年轻的，带着乡间的泥土味。
一个硕大的白色编织袋，开始在他的肩上，现在
它站在地板上，里面装满了花生，和那些
来不及褪泥的土豆
在夏天的客厅里，空调在响
他一直站着，一直冒汗
他的手不知道往哪儿放

他叫我小婶子
他让我红着脸，想起了我的身份

丁 立

丁立（1976-），原名丁莉，女，河南洛阳市人。

石榴花开了

我要为你梳妆
挽高高的唐髻
让你记住每一个阴柔的女子
古典仍是她的锋芒

节日一般　我环绕着你的手
采摘的动作
真像耳背的情人
宁愿保留对世界更大的无知

石榴花开了　好日子
但愿我能布衣荆裙
不动声色地裹走什么
但愿我的秋天只是一颗　为小小的幸福
而透不过气来的酸酸的石榴

我是盛唐的女人

发髻盘得高高的
长安的落日　拢得低低的
正如被时间淡忘的一本本史书
丰腴　仍是我
楔入现实的唯一的　美啊

杜涯

杜涯（1968-），女，河南许昌人。

无 限

我曾经去过一些地方
我见过青螺一样的岛屿
东海上如同银色玻璃的月光，后来我
看到大海在正午的阳光下茫茫流淌
我曾走在春暮的豫西山中，山民磨镰、浇麦
蹲在门前，端着海碗，傻傻地望我
我看到油桐花在他们的庭院中
在山坡上正静静飘落
在秦岭，我看到无名的花开了
又落了。我站在繁花下，想它们
一定是为着什么事情
才来到这寂寞人间
我也曾走在数条江河边，两岸村落林立
人民种植，收割，吃饭，生病，老去
河水流去了，他们留下来，做梦，叹息
后来我去到了高原，看到了永不化的雪峰
原始森林在不远处绵延、沉默

我感到心中的泪水开始滴落
那一天我坐在雪峰下，望着天空湛蓝
不知道为什么会去到遥远的雪山
就像以往的岁月中不知道为什么
会去到其他地方
我记得有一年我坐在太行山上
晚风起了，夕阳开始沉落
连绵的群山在薄霭中渐渐隐去
我看到了西天闪耀的星光，接着在我头顶
满天的无边的繁星开始永恒闪烁

朵 渔

朵渔（1973- ），原名高照亮，山东泰安人。

细 雨

黎明。一只羊在雨中啃食绿荫。
梧桐低垂着,木槿花落了一地,满眼让人颤抖的绿!
雨沙沙地落在园中，它讲的是何种外语?
一只红嘴的鸟儿，从树丛里飞出来，像一只可爱
　　的手套
落在晾衣架上。
读了几页书，出来抽烟，天空低沉，云也和书里
　　写的一样：
"他们漫步到黄昏，后面跟着他们的马……"
——然而一把刀！它滴着冰，有一副盲人的深瞳，
　　盯着我。
一个人，要吞下多少光明，才会变得美好起来?
我拉起你的手——我们不被祝福，但有天使在歌唱。
一声哭的和弦，那是上帝带来的钟
在为我们称量稻米……

冯 娜

冯娜，（1985-），女，云南丽江人。

杏 树

每一株杏树体内都点着一盏灯
故人们，在春天饮酒
他们说起前年的太阳
实木打制出另一把躺椅，我睡着了——
杏花开的时候，我知道自己还拥有一把火柴
每擦亮一根，他们就忘记我的年纪

酒酣耳热，有人念出属于我的一句诗
杏树也曾年轻，热爱蜜汁和刀锋
故人，我的袜子都走湿了
我怎么能甄别，哪一些枝丫可以砍下、烤火

我跟随杏树，学习扦插的技艺
慢慢在胸腔里点火
我的故人呐，请代我饮下多余的雨水吧
只要杏树还在风中发芽，我
一个被岁月恩宠的诗人就不会放弃抒情

扶 桑

扶桑（1970-），原名黄玉华，女，河南信阳人。

水墨画中的留白

吹过裙边的风，摇映
我一身的树影里，有你
在五月温润如玉的夜晚
那迎面而来的路人里，有你——
你在肖邦《夜曲》的月光中。天边
晕红着脸的朝霞与晚霞里
你在我的往昔那一张张雨水
浸渍在信笺上。我最初的慌乱中。
在眼瞳的霜迹、蹒跚的泪痕，嘴角
微微上翘的笑纹。在我缓缓漾开的静默里。
我向往
而未曾生活过的地方
——我残缺的部分......

你显现、你在那儿，像水墨画中的留白
没有什么不是通向你的曲折幽径
白石台阶——

呵你，已脱离了你而进入我自己
你，是我灵魂的一部分——

非 亚

非亚（1965- ），原名谢建华，广西梧州人。

传统家庭

我们三个人，各自坐着：父亲，母亲
和我，我们三个人
彼此各自独立

我们说着话，带着轻微的手势
有时波动，有时起伏
那穿堂而过的空气

三个人，像三块无形的
磁铁，在房间
连成一体

幸福和安详，多么像
一对鸟儿
落在我们的窗台

这是平常生活的一幕：父亲，母亲

和我，难得地坐在了一起
感恩的光线，洒在地上

高建刚

高建刚（1962- ），山东青岛人。

那是藤椅中的我

冬天树枝的狂草写满窗户
一块调色盘上的蓝色
在红瓦顶之间，那是海
油轮很长时间才能通过
有人长久伫立，那是路灯
保持花园小径的沉默
一块石头落下，那是麻雀
接着落下一群叫声
它们是树木唯一的叶儿
有一只停在窗上，那是塑钢窗锁扣
紧紧别住冬天
有件白衬衫，那是暖气片
正虚构另外的春天
有张脸，那是石英钟
记录着虚假时间
有片云，那是咖啡杯口的蒸气
让我想起热带雨林的木香

有杯红葡萄酒，那是暗红色地板
在显示屏和桌面之间演化着黎明
有件雕塑，那是藤椅中的我
正在试着把自己摇醒

郭晓琦

郭晓琦（1973- ），甘肃镇原人。

一个人吼着秦腔从山上下来

远远的，一个人吼着秦腔从山上下来
声音沙哑、沉闷
像是有人故意向他的嗓子里
扬了一把沙子

经过一片杂乱的坟地时
他停了下来，肯定和某个未曾见面的长辈
打招呼。或者怕吵醒那些沉睡的人
大约一袋烟的工夫，他又吼起来
吊在谷穗上荡秋千的麻雀
忽地一下惊飞，落到了更远的田埂上
荒草丛中竖起耳朵的野兔
机警的注意着他提在手里的镰刀和麻绳
可是他没有注意到这些，只顾吼秦腔
他的声音将身体里堆积起来的疲乏
一点一点卸在了路上——

而一只隐藏在树荫间的蝉
突然加入，使他的声音更加沙哑粗糙
像两张相互较劲的砂纸，擦伤了
这个格外寂静的正午

谷 禾

谷禾（1967-），原名周连国，河南周口人。

10月2日夜访诗人杨拓遇雨

其实我们居住的院子只相隔了一道墙
杨拓兄，有多长时间了
这样对面坐着，把两杯龙井泡到没有茶味
为身边的人和事
以及我们共同喜欢的诗和诗人叹息
竟然也成了一种奢望
在这座奔命的城市里，狗日的生活
它压得我们有些筋疲力尽
十年前，我们信仰有梦想就有奇迹发生
那时你年轻，我的女儿也还不满十岁
十年一梦，如今你早已为人之父
我的女儿，她远去了异国他乡
有几根灰发已经悄悄爬上我们的鬓角
时间这把钝刀，它割肉，却不让你觉得痛
这时雷声隐隐，推开窗，我们看见了
闪电的翅膀，忽闪着，扑了过来
更响的雷声滚过

整个小区的车子都拉响了防盗警笛
夜晚的神经瞬间乱成了一团麻
我们都停止了说话
看雨帘之外，更多受伤的雨
在借着灯光跳到水泥地上。我谢绝了你的挽留
撑开伞，冲进了密密的雨帘
更多的雨，如箭镞，射在伞上，折在我沸腾的心里
我慢慢地走着，仿佛雨中的一个标志物
回望见你家窗户射出的光
你不知道，我突然泪流满面，并加快了脚步……

韩文戈

韩文戈（1964- ），河北丰润人。

在燕山上数星星

那一年，我们站在燕山数星星
就像站在家族的祠堂里，念叨古老的姓名
当我们数到哪颗星
哪一颗就在银河里亮起来
当我们念叨哪个人
哪个名字就在族谱上变得清晰

我们在燕山上数星星
它们躲在树林里、月光里、悬崖上的花簇里
就像玉米、高粱被种出来
诗被你写出来，字被另一些人从辞典里挑出来
而残酷的青春，过早的死亡，无知的孟浪
被我从即将消失的人群里找出来

鸟群挟裹的星星，在夏夜下起暴雨
黄昏在黄昏峪乡弥漫，夜晚在夜明峪的山谷飘动
泉水在水泉村四溢

在燕山的天穹上，椭圆的星空正在铺展
犹如树冠张开，住满星宿
而我们很小，发着光，跟数不清的微尘住在大地上

黑枣

黑枣（1969- ），原名林铁鹏，福建漳州人。

老中秋

月亮老了。老中秋的新衣裳被风揉皱
我也老了。我还是那么爱你
月饼儿甜，黑芝麻儿香。你的身体和身体上的痣
老时间里永远新鲜如初的一颗心脏……
今晚晚了，柚子的修辞被压缩，风干
今生短了，我还是那么爱你，冗长、拖沓
像一轮讨人嫌的老月亮，缺了，圆了
永远那么守时——
你睡时，我点亮你的名字；你醒来，我守护你的
梦想……

侯 马

侯马（1967-），原名衡晓帆，山西侯马人。

伪 证

我在农村念小学的时候
班里有一个很脏很丑的同学
有一天我情不自禁
用两手狠狠地揞住了她的脸蛋

她毫不示弱
用长长的黑指甲
也揞住了我的脸蛋
疼痛难忍
最后我俩同时放手
各自脸上布满血痕

老师向几个她信赖的学生
（就是几个长得好功课好的女生）
调查此事
她们一致作证：我是后动的手
噢，我的童蒙女友：小玉、翠香和蓝蓝

胡 弦

胡弦（1966-），江苏铜山人。

先 知

在故乡，我认识的老人
如古老先知，他们是
蹲在集市角落里的那一个，也是
正在后山砍柴的那一个。

他们就像普通人，在路口
为异乡人称一袋核桃；或者，
在石头堆里忙碌，因为他们相信，
凿子下的火星是一味良药。

给几棵果树剪枝后，坐下来
抽一袋旱烟。
在他们的无言中，有暗火、灰烬，
有从我们从不知晓的思虑中
冒出的青烟。

抽完后，把烟锅在鞋底上磕两下，

别在腰间，就算把一段光阴收拾掉了，
然后站起身来……

当他们拐过巷口消失，你知道，
许多事都不会有结尾。而风
正在吹拂的事物，
都是被忘记很久的事物。

胡续冬

胡续冬（1974-），原名胡旭东，重庆合川人。

海魂衫

1991 年，她穿着我梦见过的大海
从我身边走过。她细溜溜的胳膊
汹涌地挥舞着美，搅得一路上都是
她十七岁的海水。我斗胆目睹了
她走进高三六班的全过程，
顶住巨浪冲刷、例行水文观察。
我在冲天而去的浪尖上看到了
两只小小的神，它们抖动着
小小的触须，一只对我说"不"，
一只对我说"是"。它们说完之后
齐刷刷地白了我一眼，从天上
又落回她布满礁石的肋间。她带着
全部的礁石和海水隐没在高三六班
而我却一直呆立在教室外
一棵发育不良的乌桕树下，尽失
街霸威严、全无狡童体面，
把一只抽完了的"大重九"

又抽了三乘三遍。在上课铃响之前
我至少抽出了三倍于海水的
苦和咸，抽出了她没说的话和我
潋滟的废话，抽出了那朵
在海中沉睡的我的神秘之花。

胡 杨

胡杨（1966- ），甘肃敦煌人。

敦煌之西

敦煌之西，是跨越了党金果勒河的广大地域
在我看来，那是一片不毛之地
夏天，跑着一群拿着火把的风
冬天，跑着一群举着刀子的风
爱谁是谁，爱谁，谁得脱两层皮
可汉武帝没这么想，唐太宗没这么想
他们都把自己的触角伸到了这里
汉武帝的触角是那些长城，唐太宗的触角是那些
　端庄菩萨
和壁画上华丽的衣袂
敦煌之西，我骑一匹毛色肮脏的骆驼
一颠一簸揣测古代的商人怎样忍受煎熬
我是受不了了，商人们毕竟心怀利润
站在烽火台上，我努力像一个守望者
站直自己的身体。仍然还有一点点矫情
一只野兔子自由极了，一会儿疯跑
一会儿长久地趴着

在这荒野上，它吃什么、喝什么
一阵子我为这只兔子操心，操闲心
敦煌之西，玄奘悄悄溜过去了
像一块石头，被风吹着滚过去
没有了棱角
他的棱角都留在史书里了
我在敦煌之西，孤零零的
不如一只老鹰

黄礼孩

黄礼孩（1974-），广东徐闻人。

岛　屿

那时候，我们常提到岛屿，提到蓝色包围的小岛
它是春天湿润的肌肤，树林里白色的雾已散去
小鸟不用翅膀，而是用小脚行遍海水孕育的王国
那沙滩上的图案像云朵。我更喜爱夏日的漫步
羊角叶在沙滩上肆意生长，风吹来，一排排的绿
翻卷如海浪
比海浪更高的是椰子树，它偎依着蓝
几时开黄色的花束，几时结绿色的果实
没人知道，也没有人光顾岛屿
它是自然放养在别处的野马，它的鬃毛
在黄昏的夕光里，在辽阔的海洋上疾飞

霍俊明

霍俊明（1975-），河北丰润人。

燕山林场

当我从积重难返的中年期抬起头来
燕山的天空，这清脆泠泠的杯盘
空旷的林场，伐木后的大地木屑纷纷

那年冬天，我来到田野深处的树林
确切说面对的是一个个巨大的树桩
我和父亲坐在冷硬的地上，屁股咯得生疼
生锈的锯子在嘎吱的声响中也发出少有的亮光

锯齿下细碎的木屑越积越多
我露出大脚趾的七十年代有了杨木死去的气息
芬芳，温暖
那个锯木的黄昏，吱呀声中惊飞的乌鹊翅羽

如雨的风声在北方林场的上空空旷地响起
当我在矮矮的山顶，试图调整那多年的锯琴
动作不准，声音失调

我想应该休息一会儿，坐在树桩的身边
而那年的冬天，父亲只是拍拍我的肩膀
那时，罕见的大雪正从天空中斜落下来

简　人

简人（1969-），原名李云良，浙江温州人。

采石场北面的大海

采石场北面，大海仿佛闪光的硬币
而寂静，只是一记空缺的重拳
我的剃刀阉割着神经
整个海滩，堆满烂木材，船骸和钉子尖叫的时
　间……

——像光的坟墓，像无限的泪水抛出血肉的躯体
今夜，每颗沙子都储藏着风暴的心
而我，尾随星星的舰队
譬如一个生锈的孩子，倾听自己血液中的涛声

还有什么情绪能追上这愤怒的肺叶？大海
在你胃里，埋葬着多少亡灵和鱼群的闪电
此刻，潮水急剧弯下腰，海螺也摘掉夜晚的耳朵
——剩下我晦暗的生命，幻想唤醒万物的睡眠

而黑暗太深，水面太宽

谁的胸膛能盛下辽阔的伤口
谁的语言能够抵达航行?
——如果我呼喊,整个大海像个哑巴!
——倘若我沉默,一切也会消失……

江 非

江非（1974-），原名王学涛，山东临沂人。

马槽之火

有时候我会想起那些过去的马，它们站着，眼睛
　　眺望着远方
蹄子在地上溅起看不见的波浪
我提着一盏小小的马灯夜里从它们的身边路过
看见一种生灵把头伸进宽大的马槽，独自咀嚼着
　　生活的干草
我看见它们站在马槽的边上
颈子垂向下方，头缓缓地临近一个长方形的器物
鼻孔突然打出响亮的鼻息
我想起那时我正提着马灯到田野上去
那里还有未停止的劳动，父母和邻居们
在用干草和树叶燃起另一堆旺盛的马槽之火
它在田野上，比那个真实的马槽更加幽秘，更加
　　诱人
仿佛在烧制着一个崭新的马槽
散发出了浓浓的马粪与草料的味道
那时我沿着一条长长的河沿和田埂走着，以一朵

小小的火苗
去接近那堆更大的火，以一匹小马的步子
走向那火焰里跳跃、舞动和灼热的马群
我看见了那马槽之火在田野上彻夜燃烧，直至潮
　　湿，仿如田野的眼睛
我目睹了那些古老的火焰早已熄灭，而燃烧还在，
　　言语结束，而真理还在

江一郎

江一郎（1962-2018），原名江健，浙江温岭人。

芦花还在飘，没完没了

有时，雪停了，芦花还在飘，没完没了
白茫茫的芦花没完没了
漫无边际地飘

而在河对岸，一样散落着低矮的村庄
有时，风将芦花带过去
点点无声无息

像碎雪一样无声无息
像薄霜一样无声无息
像进入我们体内，难以剔除的贫苦
一样无声无息

就这样飘啊，飘过冬日的土地
不肯随那滔滔流水
在冷风里消逝

君 儿

君儿（1968-），原名李铁军，女，天津宝坻人。

碰还是不碰

你告诉我
有些东西你不能碰
碰了就会心虚
混乱　无所适从
我心虚着
但我没碰
碰还是不碰
这是个问题
如果碰了
我另有道路
我将失去你
如果不碰
我原地踏步
我们还是不能成为
同一个巢里的动物
既然这样
也许还不如碰一碰

碰对了
我们且歌且醉
不灭不生
碰错了
我就以尘埃的形式
向你汇报前生的
困惑和寂静

蓝 蓝

蓝蓝（1967-），原名胡兰兰，女，河南郏县人。

哥特兰岛的黄昏

"啊！一切都完美无缺！"
我在草地坐下，辛酸如脚下的潮水
涌进眼眶。

远处是年迈的波浪，近处是年轻的波浪。
海鸥站在礁石上就像
脚下是教堂的尖顶。
当它们在暮色里消失，星星便出现在
我们的头顶。

什么都不缺：
微风，草地，夕阳和大海。
什么都不缺：
和平与富足，宁静和教堂的晚钟。

"完美"即是拒绝。当我震惊于
没有父母、孩子和亲人

没有往常我家楼下杂乱的街道
在身边——这样不洁的幸福
扩大了我视力的阴影……

仿佛是无意的羞辱——
对于你，波罗的海圆满而坚硬的落日
我是个外人，一个来自中国
内心阴郁的陌生人。

哥特兰的黄昏把一切都变成噩梦。
是的，没有比这更寒冷的风景。

    注：哥特兰岛，位于瑞典南部，是波罗的海最大的岛屿，
以风景优美著称。

蓝 野

蓝野（1968-），原名徐现彬，山东莒县人。

公 社

地主家的孩子，就得叫这个小名：公社

1975年，我们偷他家苦楝子树上的果子
捣烂成泥，掺进棉花丝条团起来
做成铁疙瘩一样结实的球，油亮亮的球
——油浆

我家带暗柜的楸木桌子
是五十年代分浮财时，从公社爷爷家扛回来的
母亲将它抹上一层暗红的新漆

过年了，仙逝的祖宗都要回家
在虚设的上席，端正地坐下。
只有公社家，没有摆下供桌
他蜷缩在土炕上，不知新年已至
不知地主家的儿媳妇、自己的娘亲已在腊月里过世

媳妇在婆婆死后，号哭得最为断肠
之后，被娘家人接走了。
这个辉煌的集体主义名词，蜷缩在土炕上
昏昏沉沉，不觉饥渴

我和妻子商议去看看他
关于带钱，带油粮
关于怎样让别人认为，我们不是出于可耻的怜悯
关于儿时玩伴的友谊，老去后是否需要认领
争吵了好久
后来，我们没有去

地主家的孩子公社
小我两岁，新年后就 47 岁了
小时候，我用油浆敲他光光的脑袋
他总是抻着长长的脖子，伸过头来
等着油浆落到头上

雷平阳

雷平阳（1966–），云南昭通人。

在华沙，与胡佩方女士交谈

我亲切地叫她老外婆
不是因为年龄。她为我炒回锅肉
辣子鸡，还准备了半斤四川酒
仿佛我就是她失散多年的外孙
现在终于回到华沙，掉进了
她满屋子干花、书籍和绘画组成的陷阱
她常坐的沙发，皮革磨出了洞
但形形色色的旅行箱，又供出了她
八十岁仍在剧烈奔波的魂魄
在波兰，她翻译的《金瓶梅》
出到了第五版，神示的结构
妙不可言的闲笔，每个有情有义的汉字
她说，这本书让她一生享有
一颗怀春少女的心灵："就是现在，每次
出门，我都会精心打扮自己……"
驼着背，手有些抖，她从红色塑料匣中
翻出十二岁时发表的一篇散文

六十八年的光阴隔着，多数的汉字
像一颗颗石粒儿，被铁锤敲碎了
但她从任何一个字的任何一个笔画
都还能找到入口，回到罗泊湖
她保持了有限度的爱，人生如寄
却拒绝以亡命的口吻谈论得与失
尊严和苦难。回去？她摇头："我回去
干什么？在波兰我还有多少事没做完！"
仿佛刚做的心脏手术，医生为她
换上了一台马达。我小心翼翼
向她打听波兰人眼里的中国、乌鸦
和整个欧洲的寂静，假想中的真理
像掉进大海的一根绣花针
我无意将它捞起，她一边吃着坚果
一边撕开大海的皮，拿出的则是
波涛、暗流和岛屿。有些世相谁都难以
辩白和剖析，就像绣花针，在鱼体中
——变成了刺，锋利包裹在血肉里
不能比拟天空中劈下的闪电和雷霆
我们隔着大海说话，声音断断续续
她在呼唤她莫须有的外孙子
我在寻找坐在海面上抽烟的老外婆
不过，在灯塔上相遇并共进晚餐的
肯定不是我们，那是两个孤魂
再次迷上了塞壬的歌声。我们仍然
坐在她逼仄的博物馆之家

吃着湖南姜糖，喝着黄山毛峰
感觉哪儿也没去过。夜深了，我离开
走出了很远，回头一看，她还在阳台上
挥手。华沙的灯光，犹如中国秋天的月色

李 南

李南（1964-），女，青海人。

野草湾

暮色来得多快　转眼间
看不清家的方向
蒿草盲目地跟在
稗草后边

白天的神龛
只剩下　漆黑一片
点灯　闩门
换衣的妇女
她需要稍稍侧过身去

我看见过正午的　野草湾
它喝天上的雨露
被远方的汽车
无限缩小

野草湾　信任菩萨

是个苦命的
村庄　它从不说话
只在狂风刮过地面后
挣扎了一下

李轻松

李轻松（1964－），女，辽宁凌海人。

荒　凉

让人沉默的是十月的虫鸣
让人悲凉的是大地的箫声
一些倒伏的庄稼，像一些沉睡的老人
让人不敢惊动，让人感到恐惧的
是那如血的西天正在渐渐变灰
一直灰到绝望

一只小兽的爪子在无声地疾走
无数只纤细之足在追赶
无数倒伏的人，正在向我伸出巨手
那一年我十三岁，或者十五岁
我在少年的道路上感到了生命的荒凉

一声哀鸣陡然响起

一种声音，让人发不出来的
一种穿越了流水与时空，一种

穿透了胸膛与生命的　呜响

一位老人旁若无人地走着
他歌着且哭。一位老人
他目空一切地走着
他身边的空气迸发出悲伤的　回响

让人沉默的是老人的悲鸣
让人悲凉的是生命的消亡
我荒芜的牙齿，咀嚼出了悲痛的味道。

多年之后，当我无数次地走在送葬的队伍里
当春天里我闻到死亡的气息
我能发出那种声音吗？在歌声里
在我十三岁或十五岁的那个黄昏
我追赶过的生命已经消失在荒凉里

李少君

李少君（1967-），湖南湘乡人。

敬亭山记

我们所有的努力都抵不上
一阵春风，它催发花香
催促鸟啼，它使万物开怀
让爱情发光

我们所有的努力都抵不上
一只飞鸟，晴空一飞冲天
黄昏必返树巢
我们这些回不去的浪子，魂归何处

我们所有的努力都抵不上
敬亭山上的一个亭子
它是中心，万千风景汇聚到一点
人们云一样从四面八方赶来朝拜

我们所有的努力都抵不上
李白斗酒写成的诗篇

它使我们在此相聚畅饮长啸
忘却了古今之异，消泯于山水之间

李小洛

李小洛（1972-），女，陕西安康人。

省下我

省下我吃的蔬菜、粮食和水果
省下我用的书本、稿纸和笔墨。
省下我穿的丝绸，我用的口红、香水
省下我拨打的电话，佩戴的首饰。
省下我坐的车辆，让道路宽畅
省下我住的房子，收留父亲。
省下我的恋爱，节省玫瑰和戒指
省下我的泪水，去浇灌麦子和中国。
省下我对这个世界无休无止的索要和哀求吧
省下我对这个世界一切的罪罚和折磨。
然后，请把我拿走。
拿走一个多余的人，一个
这样多余的活着
多余的用着姓名的人。

李元胜

李元胜（1963-），四川武胜人，

我想和你虚度时光

我想和你虚度时光，比如低头看鱼
比如把茶杯留在桌子上，离开
浪费它们好看的阴影
我还想连落日一起浪费，比如散步
一直消磨到星光满天
我还要浪费风起的时候
坐在走廊发呆，直到你眼中乌云
全部被吹到窗外
我已经虚度了世界，它经过我
疲倦，又像从未被爱过
但是明天我还要这样，虚度
满目的花草，生活应该像它们一样美好
一样无意义，像被虚度的电影
那些绝望的爱和赴死
为我们带来短暂的沉默
我想和你互相浪费
一起虚度短的沉默，长的无意义

一起消磨精致而苍老的宇宙
比如靠在栏杆上，低头看水的镜子
直到所有被虚度的事物
在我们身后，长出薄薄的翅膀

梁积林

梁积林（1965- ），甘肃山丹人。

西北偏西

翻越祁连达坂时我还醉着
大冬树垭口的风和一只老鹰
经幡猎猎的高原黎明
搭讪我的是一个
围着黑纱的，撒拉尔女人

尕木匠宾馆里
我和一个康巴汉子碰杯：
说到了玉树，说到了黄河源，说
过了俄博就是甘肃地界

半夜下暴雨，一道闪电的刀子
把我撂倒在
想你的荒原草甸里

西北偏西，再西就是阿尼玛卿
大通河边，我怀抱
空空的来生

梁晓明

梁晓明（1963-），浙江杭州人。

玻　璃

我把手掌放在玻璃的边刃上
我按下手掌
我把我的手掌顺着这条破边刃
深深往前推

刺骨锥心的疼痛。我咬紧牙关
血，鲜红鲜红的血流下来

顺着破玻璃的边刃
我一直往前推我的手掌
我看着我的手掌在玻璃边刃上
缓缓不停地向前进

狠着心，我把我的手掌一推到底！

手掌的肉分开了
白色的肉

和白色的骨头

纯洁开始展开

林 莉

林莉（1973-），女，江西上饶人。

山 居

我愿意就此心满意足地睡去，在淀山
我肯定我所拥有的不比任何事物少
木质的小屋，满天星斗，甚至崖壁上
细小的流泉。我在其间走动、歇息、出神
很久都不用说一句话，也不作任何猜想
直到雷雨来临，它噼噼啪啪地敲打木质的屋顶
一声大过一声，这些雷雨是从哪来的呢
它把最不安分的乐音灌进我沉沉的梦中
那一刻，我是多么惊慌——
"那坚硬的部分开始松动、柔软……"
以至于让我怀疑那些轰响就是来自我本身
而那尚未经历过或遗忘过的一切正在发生……

林 雪

林雪（1962-），女，辽宁抚顺人。

土豆田

如果我是一个单身女人，我会
只需要一个土豆。削下它的皮
带走它的花，把洗好的土豆
放到我的篮子里。我的需求
从来就不多。我只能向
那命运中属于我的事物靠近

如果你和我在一起，我们会
需要两个土豆。两个土豆
使我们沉在生活中。土豆
胀满了手掌，正好可以用来暖手
我们对着吃土豆的季节，天气
都是暖的。那些外面的冷
或自己内心的冷，都像可以忍受了

如果你，我，再加上我们的孩子
我们将需要一块土豆田

你和我这两块大土豆，将会使
土豆多如繁星

站在逐渐阴沉下去的田垄边
等待那从乡间来的，运送土豆的
马车。我的诗句就在这悄无声息的
等待中找到我。孩子的手
放在我们的手中。我们是不是
还要像以前那样分开？

风从开有蓝花的土豆田吹过
土豆在我们的想象中生出嫩芽
那些嫩芽越过了自己的不幸
用那旷世的温暖拉拢着我们

刘 春

刘春（1974–），广西桂北人。

月 光

很多年了，我再次看到如此干净月光
在周末的郊区，黑夜亮出了名片
将我照成一尊雕塑
舍不得回房

几个老人在月色中闲聊
关于今年的收成和明春的打算
一个说：杂粮涨价了，明年改种红薯
一个说：橘子价贱，烂在了树上

月光敞亮，年轻人退回大树的阴影
他们低声呢喃，相互依偎
大地在变暖，隐秘的愿望
草一般在心底生长

而屋内，孩子已经熟睡
脸蛋纯洁而稚气

他的父母坐在床沿
其中一个说：过几年，他就该去广东了。

刘 年

刘年（1974-），原名刘代福，湖南永顺人。

遥远的竹林

水舀满后，倒回湖里
再舀，再倒
手可以感觉到，水的欢欣和颤抖

摘猕猴桃的时候
挑小的，丑的，有伤的
好的，留给过冬的猴子和山楂鸟

写一封绝交书，用魏碑
从此，不关心户口、税收和物价
竹子，一生只开一次花

弹《广陵散》，并长啸
啸声带有咳嗽
生活如此静美，痛，来源于大地
拱动的，可能是竹笋，也可能是冤魂

牛车上，装一坛竹叶青
沿那条竹影斑驳的土路走
莫打牛，莫骂牛
它知道，什么速度最适合黄昏

莫抢酒杯
小心划伤你的手
酒坛后面，有一把锄头
——死，便埋我

牛庆国

牛庆国（1962-），甘肃会宁人。

字　纸

母亲弯下腰
把风吹到脚边的一页纸片
捡了起来

她想看看这纸上
有没有写字

然后踮起脚
把纸片别到墙缝里
别到一个孩子踩着板凳
才够得着的高处

不知那纸上写着什么
或许是孩子写错的一页作业

那时　墙缝里还别着
母亲梳头时

梳下的一团乱发

一个不识字的母亲
对她的孩子说　字纸
是不能随便踩在脚下的
就像老人的头发
不能踩在脚下一样

那一刻　全中国的字
都躲在书里
默不作声

柳 沄

柳沄（1958– ），原名柳明沄，辽宁大连人。

再次谈到大凌河

下午喝茶的时候
再次对朋友谈到大凌河
谈到十九岁的我
跟一株稻秧似的
被那个年代插在了那里

谈到河畔的稻田
那么平坦那么一望无际
你理解它们时它们生机勃勃
你鄙弃它们时
它们一片荒芜

谈到歇工时
我坐在河堤上想家
过往的船，让
长而蜿蜒的河水
有了远方

谈到每年的八月河水暴涨
如短暂的经期混浊又汹涌
这一切使大凌河母性十足
使之前之后的灌溉
无异于哺育

如今我不在那里
我不在时，十九岁的我
依然跟一株分蘖、抽穗
继而扬花、灌浆的稻子
差不多

卢卫平

卢卫平（1965-），湖北红安人。

说　谎

从学校回来，路过人民东路
围观的人群。女儿问我
那一堆报纸盖着的是什么
是一堆垃圾。我说
女儿接着问，怎么有那么多人
在看一堆垃圾。他们不怕脏吗
我说我也不知道
哦，女儿哦了一声就不再说话
风在吹着报纸。我担心女儿
看到被报纸掩盖的真相
快速地离开了围观的人群
报纸盖着的是一个乞丐
他被一辆执行公务的车撞死
女儿八岁，小学二年级
她在这条路一直要上到初三
这条路将影响女儿人生的走向
我只能在报纸的掩盖下

向女儿说谎。我不能在上学路上
让女儿不相信报纸
让女儿看见报纸覆盖的死亡

路 也

路也（1969–），原名路冬梅，女，山东济南人。

木 梳

我带上一把木梳去看你
在年少轻狂的南风里
去那个有你的省，那座东经118度北纬32度的城。
我没有百宝箱，只有这把桃花心木梳子
梳理闲愁和微微的偏头疼。
在那里，我要你给我起个小名
依照那些遍种的植物来称呼我：
梅花、桂子、茉莉、枫杨或者菱角都行
她们是我的姐妹，前世的乡愁。
我们临水而居
身边的那条江叫扬子，那条河叫运河
还有一个叫瓜洲的渡口
我们在雕花木窗下
吃莼菜和鲈鱼，喝碧螺春与糯米酒
写出使洛阳纸贵的诗
在棋盘上谈论人生
用一把轻摇的丝绸扇子送走恩怨情仇。

我常常想就这样回到古代，进入水墨山水
过一种名叫沁园春或如梦令的幸福生活
我是你云鬟轻挽的娘子，你是我那断了仕途的官人。

毛 子

毛子（1965-），原名余庆，湖北宜都人。

赌石人

在大理的旅馆，一个往返
云南与缅甸的采玉人
和我聊起他在缅北猛拱一带
赌石的经历
——一块石头押上去，或倾家荡产
或一夜暴富

当他聊起这些，云南的月亮
已升起在洱海
它微凉、淡黄，像古代的器物
我指着它说：你能赌一赌
天上的这块石头吗？

这个黝黑的楚雄人，并不搭理
在用过几道普洱之后，他起身告辞
他拍拍我的肩说：朋友
我们彝族人
从不和天上的事物打赌

慕 白

慕白（1973-），原名王国侧，浙江文成人。

一张有些飞云江的脸

一张沧桑的脸，一张飞云江流过的脸
波涛在我的皱纹里，飞云横渡
浪花在我的眼眶里，左边是闪电
右边是惊雷，一条飞云江流过我沧桑的脸

狗在波涛中说话，它的嗓音里
就有着江水的轰鸣
鸡惊得飞上了桑树——我的睫毛
野苜蓿一畦一畦在鬓角撂荒了的坡地上
和白发一起疯长着
一代人在江边居，一辈子没离开飞云江半步
江水往低处流，一直流到命运的最下游

飞云江水往低处流，在我的脸上
时间和命运在流动
江上秋风正紧，秋风伐倒万物
老人一个又一个死去

——我用皱纹作为墓地，埋葬他们
用泪水刻写他们名字
剩下野兔、野猪代替他们
在精耕细作了一辈子的田地旁
看家守门……

流去的江水不再回来，并不妨碍
来年春天的耕种

娜 夜

娜夜（1964-），原名刘夏萍，女，祖籍辽宁兴城。

想兰州

想兰州
边走边想
一起写诗的朋友

想我们年轻时的酒量　热血　高原之上
那被时间之光擦亮的：庄重的欢乐
经久不息

痛苦是一只向天空解释着大地的鹰
保持一颗为美忧伤的心

入城的羊群
低矮的灯火

那颗让我写出了生活的黑糖球
想兰州

陪都　借你一段历史问候阳飏　人邻
重庆　借你一程风雨问候古马　叶舟
阿信　你在甘南还好吗？

谁在大雾中面朝故乡
谁就披着闪电越走越慢　老泪纵横

潘　维

潘维（1964-），浙江湖州人。

遗　言

我将消失于江南的雨水中，
随着深秋的指挥棒，我的灵魂
银叉般满足，我将消失于一个萤火之夜。

不惊醒任何一片枫叶，不惊动厨房里
油腻的碗碟，更不打扰文字，
我将带走一个青涩的吻
和一位少女，她倚着门框
吐着烟，蔑视着天才。
她追随我消失于雨水中，如一对玉镯
做完了尘世的绿梦，在江南碎骨。

我一生的经历将结晶成一颗钻石，
镶嵌到那片广阔的透明上，
没有憎恨，没有恐惧，
只有一个悬念植下一棵银杏树，
因为那汁液，可以滋润乡村的肌肤。

我选择了太湖做我的眠床，
在万顷碧波下，我服从于一个传说，
我愿转化为一条紫色的巨龙。

在那个潮湿并且闪烁不定的黑夜，
爆竹响起，蒙尘已久的锣钹也焕然一新的
黑夜，稻草和相片用来取火的黑夜，
稀疏的家族根须般从四面八方赶来的黑夜。

我长着鳞，充满喜悦的生命，
消失于江南的雨水中。我将记起
一滴水，一片水，一条水和一口深井的孤寂，
以及沁脾的宁静。但时空为我树立的
那块无限风光的墓碑，雨水的墓碑，
可能悄悄地点燃你，如岁月点燃黎明的城池。

潘洗尘

潘洗尘（1964-），黑龙江肇源人。

盐碱地

在北方　松嫩平原的腹部
大片大片的盐碱地
千百年来没生长过一季庄稼
连成片的艾草也没有
春天过后　一望无际的盐碱地上
与生命有关的
只有散落的野花
和零星的羊只

但与那些肥田沃土相比
我更爱这平原里的荒漠
它们亘古不变　默默地生死
就像祖国多余的部分

庞 培

庞培（1962-），江苏江阴人。

往 事

我曾在一间阴暗的旧宅
等女友下班回来
我烧了几样拿手的小菜
有她欢喜吃的小鱼、豆芽
我用新鲜的青椒
做呛口的佐料
放好了俩人的碗筷

可是——岁月流逝
周围的夜色抢在了亲爱的人的
脚步前面

如今
在那餐桌另一头
只剩下漫漫长夜
而我的手上还能闻到
砧板上的鱼腥气……

我赶紧别转过脸
到厨房的水池，摸黑把手洗净

晴朗李寒

晴朗李寒（1970-），原名李树冬，河北河间人，

必 须

——岁末给妻儿

时间如掌中水，越想抓紧
流逝得越快。
世上悲哀事太多，而我们的泪水
有限，
必须省着用。
看看吧，生活因我们而悄悄改变——
必须学会从霓虹斑斓的夜空
分辨出隐约的星光，
必须从那些呕吐的秽物边
看到倔强的小草，
必须从焚烧的落叶中
嗅到细微的花香，
必须从轰鸣的马达声里
听到小鸟的歌唱。
我们必须从恶的旁边看到善，
从假的包围中剥离出真，

从丑的哄笑声中解救出美。
慢慢改变自己，
向着美，近一些，
向着光明，近一些，
丑恶就会被逼退一些，
黑暗就会远离一些！
必须相信，世间美好的事物
总要比丑恶的
多那么一点点儿。
在离开尘世前，我们必须
尽情地享受爱，
必须学会等待，还必须对这个世界
少些抱怨，多些耐心。

泉 子

泉子（1973-），原名胡伟泉，浙江淳安人。

柚 子

母亲从记忆中为我偷来了柚子
在邻村的山坡上，她用砍柴的刀
切割着柚子金黄色的皮
辛辣的汁液，溅在了母亲的脸颊上的汗珠里
溅落在我仰着的眼眶
我的眼泪与母亲的汗水一同消失在焦黄的泥土中
随后的时光是纯粹而甜蜜的
偷窃的羞耻并未抵达我们
我坐在母亲的左侧，捧着半个刚刚被她那双沾满
泥土的手掰开的柚子
它的另一半捧在哥哥那双纤细而苍白的手中
哦，那时
他还没有走入那消失者的行列
母亲坐在我们中间，手中握着刀子
她心满意足地看着我们，并把笑容噙在了眼眶

荣 荣

荣荣（1964–），原名褚佩荣，女，祖籍浙江余姚，生于浙江宁波。

爱相随

对于两只凄惶的小鸟
天空的住所太过阔绰了
一个枝头就能屏息敛翅
一片叶子　足够遮挡眼前的黑夜
但为何还要哭泣？
一只尽量收住内心的光
而另一只又往外挪了一点：
"如果没有更多的空间
至少　我要先你掉下来"
一场共同完成的爱情　就是沉浸
就是相互的绿和花开
无法回避的凋谢　也必须分享
"你疼吗很疼吗？"
"对不起　我只是停不下颤抖。"
等一等　但一颗流星还是滑落了
匆忙中照见了它们暗中的脸：
一只百感交集　一只悲从中来

100

桑 克

桑克（1967-），原名李树权，黑龙江密山人。

蕨的记忆

我明白我为什么对蕨一见倾心，
因为它们对称的叶子，因为它们野蛮而不失精致的绿，
更因为对于没有见识过永恒的我来说，
它们的古老几乎就是永恒。

所以我才常常站在它们的身边一遍一遍
单调地重复惊叹词而说不出其他的词来，
而且惊异于同样是对称的叶子为什么每一类蕨对称得
都是这么不同，如果我的诗也是这样……

我不能贪婪地想下去，我不能冒犯
这些年老的长辈，我不能让沉默的呼噜声
触动安静的些微涟漪，我只能仰慕地
看着这些蕨坦然地睡在骄傲的松柏的缝隙
……

商 震

商震（1960-），辽宁营口人。

一把宝剑

我书房的墙上
挂着一把宝剑
那是从少林寺买来的
一把很好的剑
掮在手里很瓷实
拔剑出鞘　寒光耀眼

我为这把剑豪气了
很长一段时间
拿破仑项羽岳飞
都在我眼前闪现过

我一直没为这把剑开刃
我怕开刃后　找不到属于它的血
或者　我怕那刃上会真的有血

宝剑尝不到血是悲哀的
血溅到我身上　我会更加悲哀

102

一把好剑
只能当工艺品挂在墙上

起初我偶尔会把剑从墙上摘下
拿在手中舞几下
遐思一番
后来　觉得自己可笑
再后来竟忘了它挂在我的墙上

最后一次想起它
是老婆把剑柄上的红缨摘下来
绑在花花绿绿的扇子上
去跳老年舞

哨 兵

哨兵（1970- ），原名王少兵，湖北洪湖人。

落日诗

> 日落江湖白，潮来天地青
> ——王维《送邢桂州》

落日难以穷尽。譬如此刻
该怎么描述那枚残阳，从合欢树顶
坠入桃林和灌木丛，又顺着缓坡
滚向那群饮水的村牛，在犄角
挂上暮晚。在洪湖入江口
没有谁能拯救落日

日落江湖，王维留白
仅余大美，却无力描述这枚残阳
在消失之前，从血红被染为暗褐色又被熏黑
成暮晚和暮年。唯有这群牛
四脚着地，在洪湖入江口
饮水，挤在一起谈论世界的重大话题

沈浩波

沈浩波（1976-），江苏泰兴人。

诗有时是小麦有时不是

如果你见过小麦
闻到过小麦刚刚被碾成面粉时的芳香
我就可以告诉你
诗是小麦
有着小麦的颗粒感
有着被咀嚼的芳香
这芳香源自阳光
如同诗歌源自灵魂

诗有时是小麦有时不是

如果你见过教堂的尖顶
凝视过它指向天空如同指向永恒
我就可以告诉你
诗是教堂的尖顶
有着沉默的尖锐
和坚定的迷茫

你不能只看到它的坚定
看不到它的迷茫

诗有时是教堂的尖顶有时不是

如果你能感受到你与最爱的人之间
那种永远接近却又无法弥补的距离
在你和情人之间
在你和父母之间
在你和子女之间
你能描述那距离吗？
如果你感受到但却不能描述
如果你对此略感悲伤
我就可以告诉你

诗是我与世界的距离

沈苇

沈苇（1965- ），浙江湖州人。

美 人

> 香獐子窃取她秀发的芬芳，在于阆酿成麝香。
>   ——鲁提菲：《格则勒》

她配做一名时光的妃子
在时光熄灭之后，她仍是一轮清真的新月
她睫毛浓密的甜蜜眼睛，像深潭
淹死过几个朝代的汗王、乐师和小丑
为了她脸颊上的一颗美人痣
多少人神魂颠倒，掏出烧毁的心

像野生的精灵，她散发着膻腥
这是羊奶和驼奶造成的
要把她放在玫瑰花液里浸泡三次
要把她种植到旷野上去，在尘土中开放
她只是一株无辜的迎风招展的沙枣树
那好闻的芳香总是令人感到头晕

她的芳名像一首木卡姆在人间传播
每个人用自己的梦想和欲望将她塑造

然而这一切与她无关，更像一场误会
她依然是一位牧羊女，一个樵夫的女儿
没有人知道她内心的隐秘，她乳房的疼痛
没有人能进入她日复一日的孤寂和忧伤

她的美带点毒，容易使人上瘾
但她是柔软无力的，在风暴的争夺中哭泣
一束强光暴徒般进入她身体，使她受孕
她抵抗着，除了美，不拥有别的武器
美是她的面具，她感到痛苦无望的是
她戴着它一辈子都摘不下来

宋　琳

宋琳（1959– ），祖籍福建宁德，生于福建厦门。

扛着儿子登山

我们的皮肤是群山和空气的朋友，
我们的嗅觉是一只羚羊的朋友———
在一棵小橡树上它留下气味。

我们坐下休息，村庄看不见了，
隐居者的房子静悄悄的，
雪线那边，裂缝中有一副死鸟的细骨架。

方型烟囱，蓝色的窗子，
一小片菜地是甲壳虫和蜜蜂的家园，
人在粗糙的土墙上留下掌模。

我们走向湖区，群山也一样，
随着太阳的升高群山变得更高了，
光圈像一只只轮子，在叶子上滚动。

超级的水晶倾泻而下，浓云的色彩

搅人轰鸣的瀑布的色彩，
我们向着洞穴发出野兽的吼叫。

宋晓杰

宋晓杰（1968-），女，辽宁盘锦人。

绝 尘

最后一个字叫绝笔，最后一首歌
叫绝唱。早春是明媚的，我们却在谈论死亡
谈论一个熟识的人，正在消耗细胞、骨肉
和年华，抽出丝一般的阳气，慢慢紧迫……
她爱戴草帽、爱穿白底儿红字的T恤
爱山水、花鸟，爱甲板后面欢笑的浪花
……她还没有爱够这纷飞的尘土
可是，这尘土也是爱她的。每当想起
大地和花朵，便看见一小匣珍贵的尘土
高高在上，标签却是：人间的姓名。

苏历铭

苏历铭（1963-），黑龙江佳木斯人。

东京的某个夜晚

浅草寺的香火熏黑了东京的夜色
灯火辉煌
银座的汽车长河亮如白昼
新宿东口的歌舞伎町
来不及系紧腰带
又被满嘴酒气的色鬼
扯落

一个骑自行车外卖的店员
正辨认方向
而居酒屋彻夜通明
山手线往来的乘客
匆忙间留下无数个故事
上野站的流浪汉正毫无顾忌地高声叫骂
让往来匆匆的公司职员
低垂黯淡的眼帘

矗立的高楼大厦的后面
一个定年退职的老者
索性独自饮茶
对面料理店的少女盯着光亮的橱窗
发呆

孙晓杰

孙晓杰（1955–），陕西寿光人。

路　遇

在一个山核桃的坳眼里，一位佝偻的
老妇人，像一朵死去的蒲公英
土堰蜕脱的皮，刮到了她的脸上
知情人说，她是西路军的一个女兵
掉队了，就落户在这个山村……
我握了握老人的手，糙得像一只草鞋

回来时经过一座道桥收费站，乱飞的蜜蜂
四处窜射。这些被蜂箱抛落的孩子
急切、慌张，嗡嗡地叫喊、哭泣
离开花朵，离开蜜，它们像一群早产的苍蝇

我的心变成第六个档位，我的恐惧加深
快！快！前方一场车祸，让撞损的时间
在我的目光里缠满了绷带

树 才

树才（1965-），原名陈树才，浙江奉化人。

冷，但是很干净

下雪天走路
冷，但是很干净

雪片沾白了睫毛
陌生人打起了招呼

路边的人们还站着等什么
他们的双脚来回倒腾

下雪天逛小树林
冷，但是很干净

屋顶们挺开心
穿上了新衣裳

烟囱大口大口地喘气
模仿蹬三轮车的菜贩子

下雪天迎来新的一年
冷，但是很干净

好像另一个世界诞生
冷，但是很干净

邰 筐

邰筐（1971-），山东临沂人。

凌晨三点的歌谣

谁这时还没睡，就不要睡了。
天很快就要明了。
你可以到外面走一走，难得的好空气，
你可以比平时多吸一些。
你顺着平安路朝东走吧。
你最先遇到的人，是几个勤劳的人。
他们对着几片落叶挥舞着大扫帚，
他们一锨一锨清理着路边的垃圾，
他们哼着歌儿向前走，
他们与这座城市的肮脏誓不两立。
你接着还会遇到一个诗人。
他踱着步子，像一个赫赫帝王。
他刚刚完成一首惊世之作，
十年后将被选入一个国家的课本，
三十年后将被译成外文，引起纽约纸贵，
六十年后将被刻上他自己的墓碑……
现在的诗人在黑暗中向前走着，在冥想中慢慢回味。

后面跟上来一群女人,她们是凯旋歌厅收工的小姐,
你在和她们擦肩而过的瞬间,
会听到她们的几声呵欠,
会看到一张张因熬夜而苍白模糊的脸。
你接着朝东走,就会走到沂蒙路口。
路北的沂州糁馆早就开门了,
小伙计已在门前摆好了桌子、板凳,
熬糁的老师傅,正向糁锅里撒着生姜和胡椒面。
他们最后都要在一张餐桌上碰面:
一个诗人、几个环卫工人、一群歌厅小姐,
像一家人,围着一张桌子吃早餐。
小姐们旁若无人地计算着夜间的收入,
其间,某个小姐递给诗人一个微笑,
递给环卫工一张餐巾。
这一和睦场景持续了大约十五分钟,
然后各付各钱,各自走散。
只剩下一桌子空碗,陷入了黎明前最后的黑暗。

谭克修

谭克修（1971–），湖南隆回人。

厨房里的雪

你喜欢用竹竿，把落在屋后的
毛竹和杨梅树叶上的雪
打落到自己身上
杨梅树的叶子是绿色的
正好映衬着你的红色小棉袄
我记得你用竹竿打落树上的杨梅时
穿的是格子衬衣和凉鞋
所以，每年立夏时节
楼下的姑娘刚露出乳沟
我就会去水果店等着
你打下来的杨梅
昨天等到的是乌梅，个儿小，很甜
今天等到了大颗的杨梅，很酸
我把杨梅洗净，盛到瓷碗里
再往上面撒白砂糖
当白色小糖粒落向红色的杨梅
我看见厨房里下起了雪

雪很大，不断地落下，落下
我无法用一个瓷碗接住
全部落在了你身上

谈雅丽

谈雅丽（1973- ），女，湖南常德白鹤山人。

给我一座临水古镇

就请给我一间乌瓦木壁，临水自照的
老屋，靠着澄碧的沅水

给我左邻撑船人，沧桑阅尽的淡然和蔼
右舍的洗衣妇，她手腕上戴着骨刻银镂
给我山前青石板，山背入云梯
还请给我沉沉的栗木舸——
弯在木楼——幽静的水边

请给我岸边的古樟、茶舍、柳线、溪响
三二闲游人，催促小楼春风一夜吹来
那眼神温暖的，至爱宿敌
给我遇鳞则鱼，遇羽则鹰的梦境
给我你的——
让人活下去的温柔触抚

就请给我一座临湖古镇吧！它清澈

空旷、安详，倒映于如画江水
给我恍惚、怅惘、三千弱水，在画中
看不见你的身影，听不到你的声音
唯有一江清寂的流水，照见了
天涯——

永远不能相见的命运

汤养宗

汤养宗（1959-），福建霞浦人。

最后一击

多么想我也有那最后一击。那个
叫铁板的东西一下子被洞开。空气里
发出彻骨的穿透声。有人
终于承认，事情有了定局
打铁铺里的锤子退避在一旁。看戏的人
曲终人散。投机者，收拾起担子
落寞地：回家
正是这一击，跃跃欲试的拳头，在暗处
偷偷松开。躁动的身体再一次
被叫作身体。明月
重新被万家安静地共望
流水清凉，淙淙地淌过谁无邪的梦乡
我又被我的仇敌称兄道弟

唐 力

唐力（1970-），重庆大足人。

老虎中间散步

我在老虎中间散步
那些老虎，散落在
山坡上，岩石边，草地上，阳光下
或者躺卧，或者蹲伏，或半仰起头
或者站立，或者走动
众多老虎，它们目不斜视
或者顾盼有姿，就是
对我熟视无睹
它们有的细数身上闪电的斑纹
它们有的被自己身上的黄金
所惊动，而抬起头来
它们有的悠闲地走来走去，就像
穿着横纹睡衣的老人一样
我就在它们中间散步
不惊动它们，也不
与它们混为一谈
我的颜色并不比它们鲜艳

但我是站立的，我比它们要高
我的孤独，也因此格外醒目

田 禾

田禾（1964-），湖北大冶人。

江汉平原

往前走，江汉平原在我眼里不断拓宽、放大
过了汉阳，前面是仙桃、潜江，平原就更大了
那些升起在平原上空的炊烟多么高，多么美
炊烟的下面埋着足够的火焰
火光照亮烧饭的母亲，也照亮劳作的父亲
八月，风吹平原阔。平原上一望无涯的
棉花地，白茫茫一片，像某年的一场大雪
棉花秆挺立了一个夏天，叶片经太阳暴晒
有些卷曲。那些玉米，长在长秸秆的
细腰上，像母亲身上挂着的乳房
隐隐能听见婴儿的吸吮声。我顺着一条
小河来，手指轻轻抚摸河流的速度
上下游的水都以一种相同的姿势流淌
黄昏，夕阳如水中的一条活鱼
游到七孔桥拐半道弯就消失了。这时候
远处村庄里，点起了豆油灯，大平原变得
越来越小，小到只有一盏豆油灯那么大

豆油灯的火苗在微风中轻轻摇晃
我感觉黑夜里的江汉平原也在轻轻摇晃

王单单

王单单（1982-），原名王丹，云南镇雄人。

去鸣鹫镇

走的时候，他再三叮嘱
请替我向哀牢山问好
请替我在鸣鹫镇穿街走巷
装本地人，悠闲地活着
请替我再游一遍缘狮洞
借八卦池的水，净心
请替我……
说到这里，电话突然挂了
我知道，他的喉管里有一座女人的坟
那些年，我们翻出红河学院的围墙
去鸣鹫镇找娜娜——教育系的小师妹
他俩躲着我，在旷野中接吻
在星空下野合。每次酒醉
他都会跑来告诉我
娜娜像一只误吞月亮的贝壳
掰开后里面全是白嫩嫩的月光

可是现在，狗日的又喝醉了
边哭边吼。大海之上打来电话
请替我隐瞒这些年的沧桑
请替我隐瞒这些年的去向

王夫刚

王夫刚（1969-），山东五莲人。

在北方的海边眺望无名小岛

我好像从来没有接近过那无名的小岛。
我喜欢远远地眺望。有时候
我行走在山区，以为大地变成了
起风的海；而山峰恍若浪中晃动的
岛屿。在北方的海边
眺望，那无名小岛是孤独的
那海天一色美而虚无。面对大海
我渴望表达的东西太多了
面对大海，我做着拥抱的姿势
却不想让又咸又凉的海水溅到身上
啊，我和时代羞于出口的意图
保持着多么惊人的一致！
在北方的海边眺望无名小岛
如果我闭上眼睛，一切都将消失
如果我沉默，如果我始终沉默
将不是大海占据我的心。
从一个小岛开始，我不断地

添枝加叶：无名，眺望，海边，北方
我甚至想到了沧海桑田……
但是，在北方的海边，除了眺望
和放弃眺望，我不知道
明天会发生什么：慢慢衰老的
耐心，慢慢地洇出了盐渍
曾经的爱和期待变成了
无名小岛下面那看不见的部分。

巫 昂

巫昂（1974-），原名陈宇红，女，福建漳浦人。

致我们已然逝去的青春

我跟几乎所有的同事都没有联络
时隔多年
我只想知道这种决绝是否意味着
天气的稳定系数不够
我的性格像钢丝绳儿
上面无人独步

朋友从十个变成五个，三个，一个
去公厕蹲一会儿的机会
越来越少
社会主义国家的道边树
依然是香椿，榆树和法国泡桐
想反抗来着
但不知对象是谁

想成家
把袖管卷起

132

跟他一起包包包子，做做春卷儿
夜半；一道醒来
谈谈往事、伤痛、傻里傻气的七十年代
在你我之前，管它洪水滔天

武强华

武强华（1978－），女，甘肃张掖人。

替一个陌生女人表达歉意

我暗恋过他的那些年
他正疯狂地爱着另一个女人
长发，温柔，白净
每一个男人都可能迷路的陷阱
他也深陷其中

他让我学会知难而退，学会走神
在人群中分辨另一个自己
学会虚构，在午夜昏黄的路灯下
邂逅孤独。学会给自己写信
描述不一样的眼球和隐秘的发声器
学会单相思，为一个人写诗
想怎么爱就怎么爱
这些年，没有比这更重要的事情
让我乐此不疲
迷恋，热爱，单相思，拯救
得不到的东西，继续

爱它美好的部分

尽管现在，我不可能
再去爱一个善良却懦弱的男人，却不能
对一个陌生女人抛弃掉的精神病人
不闻不问
我不会再爱，但我可以
冒充那个伤害过他的人
给他写信
替一个女人和全世界
表达歉意

西 渡

西渡（1967-），原名陈国平，浙江浦江人。

当风起时

我看见许多正在消失的景物
我内心的深痛无法解释
友人的身影在风中越走越远
灯火熄灭的街头（就像吹灭的灯盏）
我独自把背叛了我的爱人怀念

一个人把另一个人怀念
这孤独说穿许多人生的秘密
有许多人用他们的一生默默体验孤独
对自己以往的经历，有许多人
讳莫如深

而我在大地上四处流浪，期望
和另一个人相遇
但幸福显得多么遥远
阳光需要走多久
马匹需要走多久

还有人在风中制造房屋
把自己砌进更深的孤独
没有人应邀进入我的内心
和一个人擦肩而过时
突然的一道阳光能停留多久

当风起时
许多人想起一生的憾事
许多人吹灭蜡烛
怀念把他们引入阴暗的梦乡
当风起时
许多人一直把匕首刺入自己的心脏

西 娃

西娃（1970- ），女，生于西藏。

与我隐居的同居者

就是在独处的时候
我也没觉得
自己是一个人
不用眼睛，耳朵和鼻
我也能知道
有一些物种和魂灵
在与我同行同坐同睡

我肯定拿不出证据
仅能凭借感受
触及他们——

就像这个夜晚
当我想脱掉灵魂，赤身裸体
去做一件
见不得人的事。一些魂灵
催促我"快去，快去……"

而另一些物种
伸出细长的胳膊
从每个方向勒紧我的脖子

小 海

小海（1965– ）原名涂海燕，江苏海安人。

北凌河

五岁的时候
父亲带我去集市
他指给我一条大河
我第一次认识了　北凌河
船头上站着和我一般大小的孩子

十五岁以后
我经常坐在北凌河边
河水依然没有变样

现在我三十一岁了
那河上
鸟仍在飞
草仍在岸边出生、枯灭
尘埃飘落在河水里
像那船上的孩子
只有河水依然没有改变

140

我必将一年比一年衰老
不变的只是河水
鸟仍在飞
草仍在生长
我爱的人
将会和我一样老去

失去的仅仅是一些白昼、黑夜
永远不变的是那条流动的大河

熊 焱

熊焱（1980-），原名熊盛荣，贵州瓮安人。

怀 念

夜雨落在窗外
像你说话的声音，小小
你在两年前匆匆离开，就仿佛是在昨天
你才出门去买菜。小小
这两年来，我一个人寂寞地过
寂寞地守着我内心的苦、破碎的生活
累了，念一些人，想一些事
或者躺在床上，像一艘破船
我把自己搁浅了。小小
在这里，你的魂还在
你留在枕上的呓语和呼吸还在

从火葬场到家门口的路，只要半小时了
小小，别挤公交，打的吧
你遗留的化妆品、衣服、数码相机……
我都完好地放在柜子里的。小小
它们和我一样，一直在等你回来

小小，现在是十点钟了，夜雨依然在下
我有事要出去了，小小
我把灯开着。那温暖的光亮
就像你，在两年前守候着我在深夜里疲惫的奔波

徐俊国

徐俊国（1971-），青岛平度人。

小学生守则

从热爱大地一直热爱到一只不起眼的小蝌蚪
见了耕牛敬个礼　不鄙视下岗蜜蜂
要给捕食的蚂蚁让路　兔子休息时别喧嚣
要勤快　及时给小草喝水　理发
用雪和月光洗净双眼才能看丹顶鹤跳舞
天亮前给公鸡医好嗓子
厚葬益虫　多领养动物孤儿
通知蝴蝶把"朴素即美"抄写一百遍
劝说梅花鹿把头上的骨骼移回体内
鼓励萤火虫　灯油不多更要挺住
乐善好施　关心卑微生灵
擦掉风雨雷电　珍惜花蕾和来之不易的幸福
让眼泪砸痛麻木　让祈祷穿透噩梦
让猫和老鼠结亲　和平共处
让啄木鸟医惩治腐败的力量和信心更加锐利
玫瑰要去刺　罂粟花要标上骷髅头
乌鸦的喉咙　大灰狼的牙齿和蛇的毒芯都要上锁

提防狐狸私刻公章　发现黄鼠狼及时报告
形式太多　刮掉地衣　阴影太闷　点笔阳光
好好学习　天天向上　尤其要学会不残忍　不无知

阳飏

阳飏（1953– ），生于北京。

一台旧唱机

他家有一台唱机和一摞菜盘子大小的黑唱片
像是有人躲在斜纹布一样的唱片密纹里面
尖尖的唱针一划，声音就出来了
他爸他妈上班走了以后我们去他家听
老唱片磨损太厉害
就像一个感冒没好的人在坚持唱
偶尔还停顿一下
似乎唱累了捏着嗓子休息休息

那一年，满院子的孩子全用一种感冒的声音唱——
嘿啦啦啦啦嘿啦啦啦啦，天空出彩霞呀地上开红花
　呀……

146

杨 方

杨方（1975-），女，新疆伊犁人。

苹果树

那时候伊犁河边的杏花风一吹就落
河那边察不查尔的领地里散落着孤独吃草的马
锡伯族人在落日旁升起了他们细细的炊烟
烧茄子和烧辣子的味道顺着南风就吹进了
你家土墙的小院子
那些夜来香，那些葡萄架，那些墙头上小小的太阳花
那些俄罗斯风格的门窗玻璃明亮
镶花边的布帘子覆盖童年

多少往事。不能忘怀的还是那棵苹果树
每次回来我都要在树下坐上一整个下午
你母亲端来奶茶，杏干，葵花籽
她本来也应该是我的母亲
小时候为我梳麻花辫
现在在我面前小心地不提到你

看来这不只是我一个人的痛

你从青苹果中探出脸喊我的小名
然后虫子一样钻进苹果里不见了。恍惚是昨天
你钻进我心里，一小口一小口的咬
坐在树下我常常会被突然掉落的苹果砸中脑袋
就像是你在一个什么地方伸手打了我一下

你母亲已经包好了韭菜和茴蒌的饺子
我好羡慕院子里那些一生都能在一起的韭菜和茴蒌
它们绿得那么一致，老了就一起开出细碎的小白花
多么像两个青梅竹马的人
一起长大，又一起幸福地白头偕老

杨　键

杨键（1967-），安徽马鞍山人。

惭　愧

像每一座城市愧对乡村，
我零乱的生活，愧对温润的园林，
我噩梦的睡眠，愧对天上的月亮，
我太多的欲望，愧对清澈见底的小溪，
我对一个女人狭窄的爱，愧对今晚
疏朗的夜空，
我的轮回，我的地狱，我反反复复的过错，
愧对清净愿力的地藏菩萨，
愧对父母，愧对国土
也愧对那些各行各业的光彩的人民。

杨森君

杨森君（1962-），宁夏灵武人。

草穗吊灯

几个坐在黑暗里的人
在喝茶、在听其中一个人说话
毫无疑问，这里的一切都蒙上了荒凉
木栅、根雕、泥陶与一架旧木琴
也许还有一层薄薄的灰尘
悄悄收敛着迷人的小翅膀

那个吹埙的人哪里去了
灯影下的走廊尽头挂着另一盏灯
它把影子放得很大
一直悬浮在屋顶上空
哪里去了，那个吹埙的人
他从土里吹出的声音打动过我

刚才是腾格尔的《蒙古人》
现在是莎拉·布莱曼的《斯卡布罗集市》
尽管没有一模一样的往事

可是，我们都安静了
都像受过伤害的人，默不作声
盯着各自手边的红色茶水

姚 风

姚风（1958-），原名姚京明，生于北京。

情 人

在骨灰盒里
我的每一粒骨灰还保存着炉膛的余热
对人世我恋恋不舍
鲜花簇拥，我听见哀乐沉重徐缓
亲人节制但悲痛地抽泣
来宾在鞠躬时骨骼和衣服发出细微的声响
大公无私，光明磊落，低音的悼词
删除了我一生中的瑕疵
在悼词的停顿之间，我更听见了
站在最后一排右数第三个女人的低哭
突然间，骨灰盒闪出火光
那是我化悲痛为力量
每一粒骨灰又燃烧了一回

叶丽隽

叶丽隽（1972-），女，浙江丽水人。

灰姑娘

十八九岁，各地辗转
曾经学画度芳年

有段时间，求学于高村的一个画室
我，育红、竹林和小园
彼此形影不离
一起写生、临摹、挨训
一起高谈阔论、踌躇满志

我们曾漫步于广阔的原野
在一座空坟前停下脚步
看四脚蜥蜴在阳光下热烈地交尾
也曾在月黑风高的夜晚
偷挖村民的地瓜

当黄昏来临
我晃着脚，坐在窗台上用单音吹口琴

她们则跟着曲调轻轻哼唱
郑钧的《灰姑娘》
……是的，一群真正的灰姑娘
在那时
摇头晃脑地吹奏着，哼唱着
每个人都觉得来日方长

叶玉琳

叶玉琳（1967–），女，福建霞浦人。

瓯江之夜

这样轻柔的微风适合长裙
这样闪亮的流水适合浅唱
当我们走来
夜半的林荫大道辟出一块空地
替菖蒲说出两千年前的娉婷
替灵魂升起蓝色的羽毛

一只鸟睡了，又一只鸟睡了
那令人注目的巢穴就叫做梦想
而我们只要一条青青枝丫，通往低处
低处是成群的鱼儿在卵石上蜷伏
这前生的不归鸟，带血吐出一条
会唱歌的瓯江

是的，我们曾是那水中的面影
沉醉于波心无语的微茫
高高的堤岸上，一列夜车疾驰而来

又一列夜车疾驰而去
我们还在漫无目的地逛着
潺潺的流水上面
支起一天最美妙的时光
啊，空阔的夜，空阔的杯子
这一切，我们几乎要擦肩而过
像黑蝙蝠漏掉秘密的花香

伊 沙

伊沙（1966-），原名吴文健，四川成都人。

春天的乳房劫

在被推进手术室之前
你躺在运送你的床上
对自己最好的女友说
"如果我醒来的时候
这两个宝贝没了
那就是得了癌"
你一边说一边用两手
在自己的胸前比画着

对于我——你的丈夫
你却什么都没说
你明知道这个字
是必须由我来签的
你是相信我所做出的
任何一种决定吗
包括签字同意
割除你美丽的乳房

我忽然感到
这个春天过不去了
我怕万一的事发生
怕老天爷突然翻脸
我在心里头已经无数次
给它跪下了跪下了
请它拿走我的一切
留下我老婆的乳房

我站在手术室外
等待裁决
度秒如年
一个不识字的农民
一把拉住了我
让我代他签字
被我严词拒绝

这位农民老哥
忽然想起
他其实会写自个的名字
问题便得以解决
于是他的老婆
就成了一个
没有乳房的女人

亲爱的，其实

在你去做术前定位的
昨天下午
当换药室的门无故洞开
我一眼瞧见了两个
被切除掉双乳的女人
医生正在给她们换药
我觉得她们仍然很美
那是我已经做好了准备

尹丽川

尹丽川（1973–），女，祖籍江苏，生于重庆。

妈 妈

十三岁时我问
活着为什么你。看你上大学
我上了大学，妈妈
你活着为什么又。你的双眼还睁着
我们很久没说过话。一个女人
怎么会是另一个女人
的妈妈。带着相似的身体
我该做你没做的事么，妈妈
你曾那么的美丽，直到生下了我
自从我认识你，你不再水性杨花
为了另一个女人
你这样做值得么
你成了，空虚的老太太
一把废弃的扇。什么能证明
是你生出了我，妈妈。

当我在回家的路上瞥见

一个老年妇女提着菜篮的背影
妈妈，还有谁比你更陌生。

尤克利

尤克利（1965- ），山东沂南人。

远 秋

徐州的桐叶黄了
这个季节的风，不会将这些信笺
寄到我想念的地方去
鸿雁传声，说故乡那边
夜夜凝霜。我知道最先打湿的
依然是黄昏里母亲的头巾

札幌的枫叶红了。那年
母亲给我寄去毛衣时
北海道的初雪，就像
鸟儿纷纷脱掉羽毛；阿嚏——
正是那场雪呵
让远方的母亲，重重地
感冒了一场

宇 向

宇向（1970-），女，祖籍山东烟台，生于山东济南。

圣洁的一面

为了让更多的阳光进来
整个上午我都在擦洗一块玻璃

我把它擦得很干净
干净得好像没有玻璃，好像只剩下空气

过后我陷进沙发里
欣赏那一方块充足的阳光

一只苍蝇飞出去，撞在上面
一只苍蝇想飞进来，撞在上面
一些苍蝇想飞进飞出，它们撞在上面

窗台上几只苍蝇
扭动着身子在阳光中盲目地挣扎

我想我的生活和这些苍蝇的生活没有多大区别
我一直幻想朝向圣洁的一面

玉上烟

玉上烟（1970-），原名颜梅玖，女，生于辽宁大连。

哥　哥

哥，你又瘦了
焦虑，藏在刚长出的白发里
你一直在吸烟。我想起了小时候
送给你的第一张贺年卡：
哥，我愿是一缕轻烟，久久地缠绕在你的身旁
情书一样

我一直不敢看你的眼睛
也不敢看你肥大了的衣裤
最近你的身体更差了。我一直看着窗外
刚下过雨，玻璃窗上的雨滴
一滴挨着一滴

你说父亲不在了，长子如父
你有权利管教我。哥，你不懂我
我也不想让你疼。等平静下来
我就向你认错：我会对炊烟再爱一些

不再沉浸酒和诗歌

你说你恨极了我高傲的样子
哥，不是我有意抬高视线
哥，我一低头
眼泪就流出来了

臧 棣

臧棣（1964-），生于北京。

反回忆录

心爱之物中有东西表明——
有时，你的心跳得足以唤醒
一只正在冬眠的熊。

另有些东西，你关心
它们在日常生活中
看起来会像什么。

你不必隐瞒即使是在厨房里
你也是一个天文爱好者。
那些西红柿是沿海王星轨道下到锅里的。

至于这柳条编的篮子——
它是角落里的一个神明，
虽然表面上看，它像一只被闲置的小船。

它曾被用来盛放石榴

香蕉，苹果，红枣，鸭梨……
它曾让生活向这些静物缓缓倾斜。

它是最温和的图腾。
它记得你曾带它出去过一次——
你对它的颜色不满意，想另换一个。

现在，它空在那里。
它用它被生活遗忘的部分
解释着你的生活。

臧海英

臧海英（1976－），女，山东宁津人。

单身女人

我感到羞愧。
为何不把自己交给一个男人
哪怕他是一道伤疤
一块腐肉
哪怕他是酒鬼，赌徒，家暴实施者。

他们说："不是一个弃妇，就是一个荡妇"
我感到羞愧
哪一个我也做不好。

单身男人投来的目光，像在揭穿谎言
我感到羞愧
我没有这个或那个。

已婚男人要我做他的情人
我感到羞愧
我做不到一会拥抱，一会装成陌生人。

更多的人避开我，像躲避一场瘟疫
我感到羞愧
为自己的罪孽深重。

洗澡时，看着自己的裸体
我感到羞愧
它那么无知，又无畏。

张二棍

张二棍（1982-），原名张常春，山西忻州人。

在乡下，神是朴素的

在我的乡下，神仙们坐在穷人的
堂屋里，接受了粗茶淡饭。有年冬天
他们围在清冷的香案上，分食着几瓣烤红薯
而我小脚的祖母，不管他们是否乐意
就端来一盆清水，擦洗每一张瓷质的脸
然后，又为我揩净乌黑的唇角
——呃，他们像是一群比我更小
更木讷的孩子，不懂得喊甜
也不懂喊冷。在乡下
神，如此朴素

张执浩

张执浩（1965-），湖北荆门人。

如果根茎能说话

如果根茎能说话
它会先说黑暗，再说光明
它会告诉你：黑暗中没有国家
光明中不分你我
这里是潮湿的，那里干燥
蚯蚓穿过一座孤坟大概需要半生
而蚂蚁爬上树顶只是为了一片叶芽
如果根茎能说话
它会说地下比地上好
死去的母亲仍然活着
今年她十一岁了
十一年来我只见过她一次
如果根茎继续说
它会说到我小时候曾坐在树下
拿一把铲子，对着地球
轻轻地挖

邹　进

邹进（1958-），生于北京。

六月之夜

这毕毕剥剥、稀稀落落、淅淅沥沥、点点滴滴的
像是脚步像是暗语像是喜悦像是忧郁的
六月之夜，小白花开了一层层
青色之马载着它酣睡的主人奔跑
使我想起那个再也见不到的女孩子
那年梦像鸡冠花一样开放了

有几片海棠的叶子，还是红色的吗？
风和群鸟一起，早已飞回了窝巢
所有的星星都聚在一起，默默倾听了那个伤心的
故事
孩子哭了，婴儿车放在门前，像一只玩具
而那个悲惨的故事渐渐变得美丽起来
他们相会的日子不远了

那扇窗户怎么也关不上了
窗前的葡萄树，正密谋着结下一串串小小的果子

起风了，那个夏天，所有的裙子都被刮跑了
赤裸的姑娘们把头埋在草地上，一直睡到傍晚
在干燥的夜的周围，有雨了、地湿了
伸缩不停的巨大阴影，在苔藓上游动

在六月之夜的深处、最深处
在思想最明亮的时刻，升起一堵雪白的墙
从这雪白的墙上，念出我的名字
然后它就消失不见了
在窗前坐下，若有所思，聆听
那小小白色的花朵，在马蹄声中静静开放

钟声还未停息，像一群群鸟从城市上飞过
落叶般的屋脊翻动着，这些温暖的叶子！
六月之夜，深邃而又单纯的夜呵
这毕毕剥剥、稀稀落落、淅淅沥沥、点点滴滴的
使我又想起那只跌死的麻雀
那年夏天，我曾为它堆过一座小坟